GRITOS DE PLACENTA

A la fuerza femenina que vierte semillas y regenera la tierra; a cada uno de los seres que nos gestamos inconclusos en su interior.

Índice

PRIMERA PARTE

LA NADA

I

Al fin todo será silencio, salvo
donde el mar bañe la nada.
Fernando Pessoa

Estaba ahí. Sí, ahí. ¿A dónde?
Estaba. Desagradaba su manera de husmear dentro de la coraza humana en busca de algo de satisfacción en el sabor femenino. Rehusaba su presencia. Corría entre los pasadizos y volvía a encontrarlo. Lo buscaba. Lo buscaba pero no era nadie. La maratón mental descansaba en una hamaca que se bamboleaba como el adormecimiento de un niño. Y era yo.
Me gusta aquello que aborrezco. Me gusta el poder. Me gusta la autoridad. No me gusta nada.

Me gusta la lucha constante en la que el inconsciente siempre gana. Desafío lo (no) arbitrario. Soy la contradicción. La síntesis es el estado del ser; y es que no hay ser. No hay nada. Estoy temblando. Estoy temblando porque no tengo miedo. Recuerdo que me decían que aquel que no tiene miedo es peligroso. Yo soy capaz de cualquier cosa: no soy capaz de nada.

Hay risas en mi interior, pero no sé de dónde vienen. Pregunto a la gente si, de casualidad, en sus oídos retumbó la melodía del inframundo. Me dicen que no. Me miran, un poco aturdidos. Sí, la vida es difícil, los entiendo. El aturdimiento que los caracteriza sin poder movilizarse hacia aquí o hacia allá, el estar estancados en una parálisis frenética... Hay que escapar. Hay que sumergirse en la más pura oscuridad; allí donde no hay imperfecciones, donde todo es homogéneo, porque no se vislumbra nada.

Hoy me desperté y no era yo. Me miré al espejo y me parecía más a mí que ayer. Me dio risa. Cuando mis pensamientos decidieron salir a la luz tampoco era yo. Estaba decidida. El homúnculo que se llama Martina saltaba. Es medio extraño. Me retumbaba el cerebro y sentía que las neuronas estaban en un festín macabro. La última cena neuronal en la que las células se manifiestan ardientes en aquella celebración báquica desplomando su peso inexistente y filosófico en la no-atmósfera de aquella circunferencia maldita que reposa incesantemente y se fusionan unas con otras. Se fusionan y el vino brota de aquí hacia allá y se alimentan de su jugosa incertidumbre. No me invitaron. La pasaban tan bien. Desde el exterior se oía la celebración que parecía nunca acabar. Y yo escuchando. Yo lamentándome porque mi concentración fluía por los alrededores. Se la llevaba la máscara transparente y móvil que recubre a la humanidad.

El sinsentido es similar a la abstracción. La diferencia es que el uno es el punto de partida y el otro es la nada. Pero al unirse forman uno. El sentido me parece ridículo. Porque sí. Porque no se sitúa en la realidad. Es repetitivo y metódico. En cambio, el sinsentido es la herramienta del contexto. Es la novedad.

El sinsentido me gusta porque me permite escapar. Siempre siento que me limitan, me obstruyen, me reducen a una lámina. Y después, de pronto, adopto nuevamente mi forma original. Me dijeron que es a causa de la entropía, yo lo dudo. Me gusta más la oposición. Pero si uno se sitúa fuera la totalidad es inmanente. Por eso hay crisis. Es toda una masa de compuestos inertes y abusivos que se arrastran unos a otros. Si no quiero que me lleven ya estoy siendo llevada. Qué ridículo. Es irónico, porque si yo extiendo una mano no llego al infinito. A veces cuando extiendo mi mano llego a alguien, pero otras veces no llego a nada. A veces cuando extiendo mi mano no siento nada. Y aún así me llevan, me arrastran.
Y si no quiero, ¿qué? Nada. Simplemente sigo siendo llevada.

El que quiera conocerme, que hable. Porque si hablo yo, no me conocerá nunca.

A veces me confunde. No sé por qué hace eso. Da vueltas y vueltas, y al principio ya sabía. Después se olvida, y así sucesivamente. Por eso quiere escribir. Yo le digo que no tiene ningún sentido. Es inútil. Hay que despojarse de esos bienes (de)construidos y correr. O trotar, mejor. No me hace caso. Es que no quiere. Le gusta ser así. Por alguna razón le da fuerzas. Le divierte porque siempre tiene con quién jugar. Y es que a veces las personas son muy serias, porque tienen miedo.

Pero este juego es especial. Es un juego con mayúscula. Es el juego del re-torno. Profundo hacia donde se quiere llegar para reconocer lo que hay allí dentro. Después se arregla, se saca y se pone. Y así siempre. Es divertido.

Callate. Me dice que me calle. Pero me da igual. Yo sé cómo es.

No sé qué hacías cuando yo no estaba. Estaba en la Cápsula Magna, entre secreto y secreto; el secreto mayor. Aquel del que se desprende la génesis. Ahí estaba.

Me gustaría una estadía allí. ¿Cómo hacer para trasladarme? En sueños imagino aquel ambiente tan puro por su esclavitud. Una versión reproducida e íntima de la vida. Soy alimentada involuntariamente. Hago y pienso absorbiendo el líquido, chupando como un íncubo para robar libertad y pervertir. Cuando salgo al exterior, por aquel caminito gelatinoso que se abre y se cierra, por aquella boca subterránea que me invita a la pesadilla, descubro que ya me había transformado. Y era el mal.

Me gusta ser el mal. Porque pervierto. Antes del principio hemos sido pervertidos por la Perversión.

Y es que la perversión esclarece.

Somos esclavos del alma. Aquellos que niegan su existencia es porque se han desquitado con ellos mismos librándose de ellos mismos; o porque han sido amenazados. Yo la conozco bien. Es inofensiva. Y por esa misma razón nos esclaviza.

La fractura inexistente destruye. Ataca en lo hondo. Se burla. Es característica del ser humano. Es característica del hombre. Cuando estás débil viene corriendo; corre tan veloz que se transforma en el horizonte. Los niños son más conscientes de ella, pero no pueden reconocerla. Sólo saben.
A veces les pregunto hacia dónde van, y me responden que van hacia el horizonte. Yo me río, porque una vez hice lo mismo, pero jamás llegué a ella. Sólo puedo reconocerla a través de las ventanas de los transportes que me llevan hacia mi olvido; hacia el encuentro con el re(no)cuerdo. Desde allí la saludo; ella sigue corriendo. No tiene historia, porque la Fractura es de la nada. La Fractura vive en la nada, por eso atrae a los niños, y por eso algunos niños son ella.

Estoy viajando. Ya llego.

II
Contra(re)producción

Entretanto navego
por mares inciertos,
acariciado por el azar adulador:
dirijo mis miradas adelante y atrás
—aún no veo un final.
Friedrich Nietzsche

Lo sabía. El proceso nunca fue valorado porque jamás existió la igualdad; y el proceso es la igualdad. Así de fácil. Los hombres producen, las mujeres re-producen. No hay límite en lo superfluo. Lo superfluo es el límite. La síntesis es una totalidad, y en la totalidad no hay medios, porque los medios son fines. El proceso es el fin, pero la igualdad no. ¿Qué es la igualdad? Yo no sé qué es. No sé definirla mediante métodos abstractos, porque sino llego a mí misma. ¿Soy yo la igualdad? Es posible.

Y si soy la igualdad, ¿por qué no igualo?

Soy consciente. Siempre te busqué. Sí, a vos. A la de la Cápsula Magna. Iba corriendo por todas partes buscando una mente que me sacuda y me invite a formar parte de ese festín tan atractivo. Me volé los sesos miles de veces para intentar reducirme a la unidad más mínima e introducirme en ese hogar tan malévolo. Era asqueroso. Vomitaba sustancias inventadas a través de mis ojos. Salían seres imaginarios de ahí. Se me abrían cada vez más las pupilas y se formaba ese caminito gelatinoso; a través de él daba luz en vez de recibirla. Por eso no veía nada. Después, un día, repentinamente, se cerraron las pupilas. Por un momento me asusté, porque ya me había acostumbrado a crear seres. Hasta había aprendido a tenerles afecto. Lo que más me gustaba de ellos era su forma rebuscada de llegar a mí, por medios incognoscibles aparecían y me comunicaban cosas con un lenguaje que hace poco logré entender. El no-lenguaje más imprevisto, el no-lenguaje de la nada. Es difícil comprender el vacío a veces, porque está cerrado y hay que abrirlo, como a mis pupilas. Lo más complicado es que deciden manifestarse voluntariamente. ¿Cómo influenciar a la nada para que se abra? Si se abre mucho hay probabilidades de que se convierta en la Fractura.

Una vez me vi, y era transparente. Me acerqué y me traspasaba. Me fui corriendo. Después volví y me acostumbré; cuando me acostumbré ya me había ido. Fue triste aquel momento, tardé en recuperarme. Tuve sueños recurrentes y nos queríamos mucho. Era peluda. Me gustan los pelos. Son como la gente, la única diferencia es que ellos tienen fin; su infinidad reside en su nacimiento. Siguen naciendo una y otra vez, a cada momento, y es que en realidad nunca crecen, porque siempre permanecen en el mismo lugar. Existe una parte de mí que es como un pelo. Pero otra parte es una mano, que lo arranca de raíz. Y cuando lo corta de raíz, ¿qué nace? Otro pelo. Soy los Pelos. Los Pelos son como el infinito, por eso a mis manos no les gusta arrancarlos. Porque cuando ellas se extienden, encuentran el vacío. Y mis pupilas ya están cerradas.

El infinito es lineal, es monótono. Es el amigo más cercano del sentido. Sirven como refuerzo al inconsciente de aquellos hombres poderosos que se jactan de haber asesinado a la soberbia. Y es que en realidad la asesinaron, porque ellos murieron hace rato.

Las mujeres son las herederas de la Cápsula. Y son el contra-pelo. Los hombres les quieren adjudicar el rol de Pelo, pero ellas saben muy bien quiénes son. Aunque algunas todavía se buscan, y otras no quieren ser ellas. Se conforman, y se convierten en hombres. Los hombres pueden recaer en la muerte del ser, pero otros aún lo mantienen. Está ahí acurrucado, descansando. El ser del hombre es como una bella durmiente.

El problema de los hombres es que tienen miedo. Se sienten inferiores porque nacieron sin contenerse a ellos mismos. Es difícil aprender a formarse con la impresión de que no eras parte tuya sino de una Cápsula. Esas mujeres que van por aquel camino también tienen miedo. Pero en realidad es culpa enmascarada de miedo. No deberían sentirse culpables, pero ellas quieren asemejarse a los hombres en el momento en el que coexistían en la Cápsula. Quieren reproducir la escena, y lo siguen intentando durante toda su vida, así ellos pueden sentirse comprendidos.

Todo sería más fácil si los seres humanos hiciesen uso de aquella herramienta tan valiosa que es la mano oral. Los hombres serían Hombres y las mujeres Mujeres.

En cambio, aún estamos en busca del proceso. El proceso es la destrucción y asimilación del pelo. Es su erradicación hasta convertirse en mano. Nuestro fin es ser mano.

Si el proceso se convierte en totalidad, la totalidad es la igualdad. Es que estamos separados. El gran error es asimilar la igualdad con la homología. La igualdad es asimilar la diferencia. Y esa es la síntesis.

No sé. Sí, no sé. Ayer te vi ahí y me sentí buscando algo. ¿Estaría buscando la igualdad? Sólo sé que estaba en frente de la diferencia, porque cuando nos encontrábamos no decíamos nada, sólo hacíamos. Me sentía distante, alejada; como si tu presencia fuese un cuchillo que me divide en dos. O en tres. O en Pelos.

Estaba buscando el proceso, la asimilación. ¿Cómo podría descubrir algo si antes no lo construyo? ¿Cómo podría descubrirte si antes no formulo mi construcción sobre tu persona? Y estabas en aquel lugar, en aquella caja inmensa. No te podía ver a través del material, pero cuando me encontraba en presencia de la Caja, te sentía. Quería romperla. Quería destruir aquel moño de colores semejantes a la nada. Pero no. No pude.

Porque si no hubiese atacado tu individualidad. Yo no quería la igualdad, quería sufrir. Mi construcción sobre vos es el sufrimiento.

Mi imagen de vos es una obra de arte. Sos una obra. Una obra ya acabada, pero para mí continuás en construcción. Porque todas las obras de arte permanecen en construcción, porque las obras de arte son el proceso; son la igualdad. Sólo que yo no quise creerlo. Porque intenté suprimir aquella red de conexiones inacabable que se formaba entre mis ojos y tu trazado manifestado con tanta dedicación; garabatos y más garabatos con el pulso de quien está lleno de miedo. Fue la Cápsula. Yo no quería osar y atreverme a destruirla. Te hallabas en exposición, pero eras transparente. Tu presencia, in vitro, o en vitro, sólo era accesible para aquellos con las pupilas que se abren y se cierran. Cuando mi caminito se cerró no te vi más. Tampoco supe si en algún momento pude verte, o si sólo fue la emoción de ser parte de aquel acontecimiento único. Quizás fuiste otro ser, de esos que me hablaban en un lenguaje incomprensible.

Ahora, cuando te recuerdo, estoy condicionada. Porque te imagino a vos. Y como ya no puedo dar a luz a más seres, te quedás jugando en mi interior. Lo peor de todo es que el homúnculo que se llama Martina quiere estar solo.

Somos pervertidos. Lo somos porque en el principio, la Perversión vino a visitarnos. Estaba vestida muy seductora, cubierta de piel. ¿Quién podría negarse a dejarla entrar? Yo la vi desde el ombligo, aún estaba atrapada. Me reía ahí adentro, porque yo ya la conocía. Desde aquel orificio minúsculo se me mezclaba la piel de la Cápsula con la imagen de la Perversión. Es así como queda grabada la representación de lo que todos quieren ser. Porque nosotros podemos observar que ella ya forma parte del mundo externo, y se transforma en el único ejemplo que poseemos acerca de la manipulación de la realidad.

Cuando vamos creciendo, creemos que aquel deseo agitado proviene de la influencia que recibimos involuntariamente, pero en realidad todo se reduce al Génesis. A aquella ventanita que traduce con pinceladas de otra subjetividad.

La historia cuenta que la Perversión es una separación de la Fractura. Antes, la Fractura era una, pero entró en disputa con su ser y se dividió en dos. Y volviendo en el no-tiempo, ambas pertenecen a un niño. ¿Y el niño de dónde proviene? De otro niño. Si queremos comprenderla mejor, tenemos que ir hacia el horizonte. Allí la Fractura está tiritando de frenesí, su sed se ha reducido a trizas, y es hija del hijo.

Después del horizonte está el horizonte, y después del horizonte hay un abismo; el abismo somos nosotros. Quien quiera encontrar a la Fractura primero debe morir. Luego, cuando ese tal quien esté sangrando y alimentándose de su propio vino, extasiado en un paroxismo de ebriedad por la catarsis maldita que sufren sus venas, se encontrará con la Perversión. Ella lo inducirá a recorrer las misteriosas aguas blanquecinas. Algo en su ser le dirá que no debe, pero el deber ha sido mutilado ya antes de ser arrojado por el abismo.

En el cairós (in)pulquérrimo del líquido inquieto, ocurrirá un suceso poiético; pocos logran recordarlo. Es la unión de la Perversión y la Fractura, sólo allí logran reconciliarse. Y es que se ven manipuladas por el sin color de aquel suceso onírico. La fusión de la nada en un recorte de la nada. Y así surge el ser humano: aquel proceso dinámico e incongruente, algunos pocos son los que se atreven a arrojarse al abismo más de una vez. Y ellos son los que deciden mantener la supervivencia de nuestra especie.

- ¡Alejáte de ahí! Me gritaba uno de los seres creados por mí. La voz venía desde lejos, se escuchaba como un eco surgido de mi mente. Miré hacia arriba, y vi a mi cabeza que me observaba con un gesto de horror. Antes de poder asimilar los procesos que se introducían en mí para generarme el caos, fui arrastrada por Ella. Así fue como fui sumergida al momento previo a la reflexión.

III
Trinquete

El sexo es el proceso. Aquellos que quieren hablar, gritan. El suburbio es de los que no crecieron; porque los que crecen hacen del suburbio su rutina. Pero el sexo es la manifestación concreta del pequeño que se hace cada vez más chiquito. Es el medio a través del cual explota lo que se va conservando en la caja. Y es que en la caja reside todo lo conocido, por eso se conserva tan bien.

¿Qué veo ahí? Hay un palito. Me persigue la intransigencia dicotómica del ser. Lo latente se mueve inconmensurablemente y me sacude el órgano supremo para que yo acepte la demostración infaltable de la falta humana. La danza de la vida es el hogar del caleidoscopio antropogénico. El hombre se conoce a través de lo que niega. Y si niega todo, ¿qué es? Porque lo que niega se transforma en la aceptación de la contradicción posterior, entonces no es nada. Nada.

...

-Estaba en un ambiente cálido y putrefacto. Se oía el movimiento raudo de la hierba inexistente. Aún estábamos allí arriba, allí abajo. Todo era todo y luz estelar. Cuando me alejé del todo, surgí. Pero me estanqué por querer avanzar. Me gustaría dar vueltas en la fragilidad de tu sombra, hasta caerme. Otra vez. Otra y otra vez.

...

Cuando te observo, me doy cuenta de lo que sos. Me doy cuenta de lo que soy; de lo que somos. Nos hallamos constantemente intentando llenar el vacío, ese huequito que se forma en la esencia, justo en el núcleo. Somos lo que nos hacen ser y somos lo que deseamos. El deseo es la fracción sempiterna que moviliza al no-ente. El deseo es el nutriente que se ocupa del proceso digestivo. Y el deseo es el que se encarga de la excreción. Él forma parte de la defecación. La constituye, la crea. Es el meollo, inercia contradictoria de la evacuación que escapa (in)voluntariamente. Entre deseo y deseo expulsado que manifiesta la superposición indigna de la constitución física, se presenta aquello que nos viene impuesto: la experiencia previa de algún otro; inconscientemente procreamos herederos presentes interpretando el papel de la vida ajena.

Queremos llenar el vacío, lo sacudimos pero no hay nada en él. Es inútil. Absurda, incoherente e irónica la condición humana; que malgasta su tiempo en llenar lo imposible. No quiero usar el tiempo, quiero destruirlo, hacerlo añicos bajo el tumulto imparable de la multitud enloquecida. Y que los restos reposen allí, que nadie los vea.

Nadie puede olvidarse de la presencia de aquel espacio que resalta entre todo el apretujado contenido del envase piel-ado. Porque hace eco, como cuando la máscara móvil y transparente silba y no para de silbar, golpeando con peso abstracto la materia mortal. Aquellos que pueden sostener el sacrificio de venerarla día a día sobreviven en un (no)tiempo alter-dimensional. Lo único que se trasvasa es lo que no es. Lo único que posee la capacidad de mantenerse inalterable es lo no-contenido.

...

Siempre quise llegar unos minutos más tarde para poder conocer al perseguidor de los perseguidos. Pero cuando estuve allí, en el abismo, me dijeron que pasarían años hasta que yo pudiese enfrentarme cara a cara con él. De tanta desnudez no podía divisar ni mi cuerpo. Era pura abstracción. El momento previo a lo previo. El caos de sensaciones se precipitaba con paso veloz hacia mí y yo no poseía herramientas para destruirlo. Tuve que ser fuerte y dejar que me atraviese. Mi hirió en lo más profundo, ahí donde la desnudez se asemeja al cantar de los lirios. No existía ni psiquis ni psiquismo. La totalidad era de la nada; aquella brújula incierta que da vueltas y vueltas y decide el camino de la múltiple posibilidad.

La contracatexia del líquido viscoso se desprendió del orificio vital y creó. Yo fui una más de las masas. Del espacio incierto tapado con signos inexplicables del espejo obturador salí. La sapiencia se diluyó y saltó como una sustancia inalterable pero una en su invisibilidad. ¡Soy el personaje auto-fágico que se trasvasa y se come y se muerde y destroza todo a su alrededor! ¡Soy la consecuencia lábil de una espera absoluta en la desmitificación de la fábula! Soy algo. Soy el umbral de la cosificación.

Del ambiente cálido fui expulsada como un trinquete hacia la experiencia en busca del perseguidor. Con el tiempo lo fui sintiendo detrás de mí. Me entregaba ánimos. Me hacía sentir la Idea. Me permitía avizorar la simplificación de un modelo perecedero.

Filas de arbustos emparejados entre mariposas gigantescas con terciopelo azul ablandando sus raíces primordiales entre inexplotables cantos de cuerpos esbeltos y envejecidos. Ojos bamboleantes desvaneciéndose en el baile escotomizante del homo homo. Del homo que quiere ser cuerdo. Del re-cuerdo humano. Del perfil inexplotable de un rostro ajeno.

El dolor fue punzante. Me recorrió el cuerpo como un frío intenso y placentero. El goce superfluo. El goce del límite. El goce abismo. Corré, saltá. No hagas nada. Sentí. Miles de partículas se introdujeron en mi cuerpo y me hicieron vibrar como la sexta sinfonía. Como el universo colindante que se nutre de producciones de espécimen. Como la doble tríada del que no sabe nada. La psicofonía del vacío me absorbía y yo quería escapar. Aunque en realidad lo disfrutaba. Era la ausencia de la carente compleción lo que me llamaba y me quería arrastrar por el camino sucio y desparramado entre los restos del tiempo mío. Me quería chupar. Se quería reír a carcajadas de la autoridad innegable que producía en mí. Lo destrocé. Así caí en la Unión. Porque quise aprender. Porque la misantropía reprimida quería conservar a la especie.

Porque.

SEGUNDA PARTE

RELATO DE UN ALGUIEN

IV
Gestación

*(...) el campo de concentración no
es algo excepcional, digno de asombro,
sino, por el contrario, algo dado
de antemano, básico, en lo que el
hombre nace y de lo que sólo logra huir
poniendo en juego todas sus fuerzas.*
Milan Kundera

El camino loable. La imperecedera maestría de quien quiere la Cosa. La ondina justiciera. La marca irresoluta en el diálogo que conmueve. El ápice mezquino. La mirada mota de una oscuridad que se zambulle en un ladrillo. El espectro.

El espectro. El espectro que se levanta y vive. Que es apaciguado por el recuerdo de un sueño con vivencias de la Fractura. Que rechaza la des-composición generalizada de la estructura contradictoria inmanente a su génesis. Que lo ataca y lo debate en la imposibilidad de movilizarse mediante medios visuales.

Gotea la gota de la canilla que fue cerrada pero que gotea. Tic, toc. Tic, toc. ¿Quién es? ¿Quién llama? Es el patrón de una infancia alguna. Es la rememoración de aquel tiempo en el que aún era niño. El hombre es aquel que se atrapa a sí mismo en la esperanza de la correspondencia. El miedo es de aquel que no se calla para conquistarlo. El iracundo maleficio del que se halla despierto. Era más viejo que ahora. Mucho más antiguo; una antigüedad del artificio creador.

Aquella noche me zambullía entre sábanas blancas de no pureza mientras mi madre me observaba ensimismada en un recuerdo doble del presente anterior. Sábanas blancas, paredes convexas con aroma a químicos colorantes. Absorbido en las pequeñas formas que se creaban a través de la percepción por esas manchas recíprocas de la vista. Las fantasías del joven que se está formando. La mirada atenta de quien espera más de lo que puede entregar. La mirada de quien está bañado en claroscuridad. En contradicción. Me gustaría describirlo, pero no puedo. Las descripciones son propias del simbolismo complejo, y yo aún no poseo tal logicidad. De pronto, sin verlo o sin quererlo ver, me hice y luché por ser. O por lo menos intenté.

Cuando lo veo nado en ácueos paraísos de cómicos desperezos de esos que dejan atentos una música de fondo para sanar mi corazoncito latiente que se siente como si mi cuerpecito fuese un envoltorio de algún caramelo sin sabor. Que aún no lo tiene. Me gusta aquello lo minúsculo, pero más que lo gigantesco se abalance sobre mí. No tengo disposiciones concretas y lo que observo puede desaparecer en este instante. Hay barrotes. Los siento y los toco. Los sentidos se aparejaron como un bloque de algún minúsculo pedazo recogido del suelo que pertenecía a otra cosa. Hay descomposición de manifestaciones en las cutículas. Basta. Siguen creciendo y yo las hundo aunque me siento bastante arriba. Me llevan. Estoy succionando. Las mejillas las siento como humedecidas de recorridos como rutas que me llevaron en un momento a través de vidrios como los barrotes.

Sigo succionando. El recorrido de las gotitas y de mis mejillas son como vidrios que expresan exactamente lo que no puedo. Es una habitación grande con un ventanal extenso y estoy arriba porque me llevan y me adormecen. Es un futurismo encantado a través de fotografías que no fueron reveladas. Quizás cuando deje de succionar se eleven como esas cámaras que vi en algún momento, que mi madre tenía, y salga del orificio un papelito para luego abollarlo y que quede en mi cabecita. No, adentro.

Las personas saben representar lo que espero, y se acercan ellas solitas a mí. Me río. Me gusta tanto esto. Pero hay barrotes. A veces creo que mi realidad es estar detrás de los barrotes, aunque me contaron que esos son los que pecan. Pero nunca me explicaron qué es pecar.

Las cortinas lentamente van cerrándose. La luz ilumina y puedo ver cuando pongo las pupilas juntitas con los párpados caídos cómo mis pequeñas líneas con ese sabor del envoltorio tienen manchitas que parecen nieve. No me gusta el frío, pero éste es tibio. ¡Ah! Me dolió. Seguía haciendo lo mismo, yo no sufría. Había una voz lejana y muy rígida. Lentamente son labios descubiertos no tapados que se hacen uno en el mismo colorete matiz idéntico a mis mejillas que eran recorridos y puf, succiono. Un crujido era.

Lentamente con las cutículas hundidas apretadas casi sin uñas pero hay cutículas y los dedos rozando lentamente la superficie circular ovalada similar a la revolución copérnica que no existe. Es minúsculo pero tan desconcertante. Lagrimitas me escapan de las cutículas, ¿o son los párpados? Qué suave. Aunque hay granitos sobre la piel cuando la voy acariciando y creo que hay frío. Por eso había nieve. Estaba seguro que era por eso. Y son mis labios que dan frío, porque tengo al cielo ahí adentro. Como una cascada abro la boquita y sale el envoltorio. La cigüeña es la que trae el maleficio y quizás estoy detrás de los barrotes porque esto era pecar. ¿Pecar es tener el cielo en uno? Me gusta la musiquita de los barrotes.

Son suaves llamaradas las que se dejan entrever en los granitos. Me gustaría que al rozar mis dedos sin cutículas explotaran y hubiese más cielo en ellos. Me gustaría bañarme en cielo. ¿Por qué está adentro y no afuera? Esa es la condición de lo incierto, me dijeron. Que no se vea. La vocecita emana una carcajada aunque yo sé que sufre. Porque esas cositas que se mueven que vienen pegadas en mi círculo con accesorios hacen fuerza. A ella le gusta en el fondo. Sí, más en el fondo. Está jugando y hay cielo adentro de ella. Hay cielo y vuela, y ay. Ay.

La reina de los saxófonos. La corrida maratón pecosa que me hace volar y;

V

Niño indiferente que se revuelca. Latido de corazones noúmenos que se atraviesan en la llamarada de la infancia. Hay caricias y promesas. Yo soy yo en la historia de un microrrelato. Ella me observa y me corresponde. Descendí de la cabina subordinada para aparecer ahora como garabato alumbrado por la sonrisa de sus ojos. Me ataca la belleza del cuerpo carnalidad que me atasca y me incesta en las succiones de su rostro. Aprehender el sueño es la tarea más ardua. Sumergirme en tus aguas sin banalidades es el deseo de los marginados. Yo me margino por voluntad propia sin conciencia. Colchón sin rejas, movilización a ruedas.

Me gustan los pelos de su cuerpo porque son esbeltos y caóticos. Me gusta sumergirme en ellos y sentirme uno. Como si ese anarcotismo libidinara la mediocridad. La madurez revuelta del chorreante incoherente como una masa bazooka que se escurre entre los dedos de las veredas me intensifica en el zumo interno. Ella se mueve ligeramente en el ámbito público de la labor y yo la reveo y la veo con las pupilas juntitas como si aquella damisela fuese el caramelo que espera adentrarse en mi envoltorio-yo. Me revuelvo y el celofán hace ruido intentando acomodarse y se hacen grumos entre los pastiches cuando ella es relamida y se barniza su sabor efímero.

Cuando se acaba queda la lengua que busca adecuarse al sin verbo original y despliega los contornos del papelucho transparente. Y vacío. La mediocridad rutinaria. Los ropajes absurdos que ocultan los fluidos. Y bebemos. Bebemos los fluidos para contenerlos en las entrañas. Machacamos las ubres de nuestros ancestros en la maravillosa idolatría del ícono de los botones y camisas rotas con corbatas que in auguran al muerto.

VI

Así es. Siempre sentí que mis padres jugaban constatemente a ser niños. Y que yo, sumergida en el espíritu mediocre de una estantería sin hogar, actuaba perpetuamente en el Abismo para reconocer su afirmación incoherente. El histrión maléfico que revienta el ejemplo. El compañero enemigo que se subordina al admirar su obra maestra de la relación social.

Mi madre, pulcra y refinada en su soberbia, jugando en su participación ordinaria que es capaz de aceptar gritos y machaques hacia su hija por el simple sabor de reproducir el engaño de una infancia jamás obtenida. Mi padre, ausente en los espejos de nítido barro. Reclama y perdona, se incluye en su vientre y muerde los vidrios para aparentar solapas de pedestal quebrado.

Espuma entrecortada. Suaves gemidos de una espera recóndita. Pisoteando senos de carnaval. Explotando alas para ahogarse con plumas, y que las bacterias emerjan despojando al mundo viejo.

VII

Hacer de la muerte metáfora. Hacer del aullido verbo. Su retazo pisado. Su nutria recostada en camas de arena y fluidos negros. Sí. Hacer de la muerte metáfora y del olvido meta. Achicar cada vez más los puentes y retorcerlos en fracaso con leche. Yo no siento o qué siento. Yo veo. Soy uno. Espiral de cumbres. Nido de encierros.

Vocabulizar lo imperfecto. Clavar estacas en el torso, y que la sangre se comprima en las vértebras. Volverse más nítido en la coagulación del aire. Enamorarse, para luego partir y que los hoyos vuelvan lentamente a su condición original. De encierro.

Sí, yo te miraba. Yo deseaba el espíritu. Condición del silente, esperarte y ver los cuerpos machacados en el ayer. Que la muerte es futuro. Sin tiempo, día final. Hallarte mañana, con las telas flojas, y el sexo vacío. Eso es ausencia.

Jardín de nieve, boca de musgo, estanterías de mimbre. Patología en las mentes.

VIII

No me importa nada. Nada. Ya no hay novedad. Es todo una gran masa de carne y peste. La acción es nula. Es pregunta y respuesta, sin risa de hueso; sin sonido del vientre.

Y es que no existe eso llamado carácter. No hay personalidad. Desde el momento en el que pisamos tierra somos ambigüos. Yo sólo quiero revolcarme y burlar la vida. Nuestro sexo es la mentira. Putrefacción del lenguaje, inexistente. Acción en sí misma, impura. Porque no es jamás en el mundo recóndito. Hombre de lata. Piedra en la sangre. ¡Expúlsate ya!

Idea de la bestia. Llegando al aeropuerto. La brisa de otoño. Viejo colectivo que lleva la puerta. Aeronave del pasado, sobre truenos de goma espuma. Lanzarme al paracaídas, para no saltar. Volar por siempre en el vacío de la esperanza. Sí, quiero eso.

Lo único que me importa es la muerte. La vida sin tiempo, un mito ausente. Cuánto absurdo me espera. No somos intento. Volvemos a la nebulosa. Fractura de espera, ella nos cuida.

Vivimos, día a día, en el recuerdo. La novedad es gritarla, aplastarla con vasos, mirar a través de su vidrio, en un manantial de flujos. Somos genuinos cuando enmascaramos el odio con agua de cloaca.

El infinito es la genética. Así nos crían. Apresando la huida. Irse bien pronto. Llegar a destiempo. Deambular en suspiro.

Porque yo, no sé mentir. Quiero crear el relato de la ausencia. Quiero ser lo que no es, representar a mi hombre con los brazos. Vivir en la igualdad con la mujer en los dedos. Ser jabón, y lavar mi ombligo esperando la llegada del Otro. Sí. Porque el mundo nunca fue mío. Limitarme en palabras, para que escapen pensamientos. Rota espera de la mandíbula, hallando retazos para cubrirse los dientes.

Párrafo largo, e imperfecto. No quiero ser brisa. Me arrima esta lisa, llana premisa de cuervos. Sólo quiero transmitir una idea. Estar en el mundo para convertirme en obra.

Tanto ya dicho y hablado. El fin del hombre es recubrirse en el lodo, para luego nacer, cubierto de sangre. Lamer la piel es romper cortezas del árbol. Subirse al abrojo, y esperar, como lo hago, en esta cama.

Con los muslos en la boca y la lengua en los ojos. Así.

IX

La tortuga encamina al hombre hacia la estética transformada en polilla. Su seda es propia del anciano que viste ropajes antiguos, cabellera de sabio. El arte no es más que ese alimento característico del pueblo.

Trasladarse de habitación porque hay una brisa de otoño llamada influencia. Disfrutar la carne en silla de plástico. Actividad doliente, y cuidado del prójimo. Despertar con sueño en los ojos porque se ve todo como en una lupa. Grande el conocimiento de la

Naturaleza, no alcanza a la vista del hombre, y para captarla el ser la distorsiona con agua entre la ceniza.

Ese monstruo que habita en la montaña soy yo y me veo agrandada, lejana.

Acabar con la idea porque el mundo continúa. Acabar conmigo porque sigo en pie. Vida de incesto en la hoja de las manos. Surgir sin deseo, en la palma del árbol. Morir. Reencarnar en lupa. Ser el objeto de la distorsión. Transformarse en medio. Reír sin causa fija.

X

Que no predomine la marca
sobre la subjetividad
porque cada letra,
párrafo o verbo
encierra la cosa en sí

hiedra de cal,
y su espanto de huella
reciclar el olvido
en pétalo de algodón

amamantar gente
pero obligar a personas
a ser parte del mundo
alimentar frenesí

que se recite mi pasto
en el ombligo del juego
ser arenal
en el sueño de un niño
oír el compás
de una piedra rota,
durmiendo en vilo

se acurruca un pimpollo
y yo me sirvo al mañana
para penetrar retazos
de ventanal líquido

caminarme con sal,
y sentirme libre
del ruido

ignorar lo que fui
y transformar mi viento
en palabra

que me recorro y la siento,
a la piel
del clima rasgado,
y su cuerpo

XI

Ser niño es ridiculizar el miedo con orilla de espanto. Escéptico innato, el que fui. Oír la pena de un grito que aleja. Lo que me recubre es ceniza, me dicen, en el útero castrado de furia.

Pensar el silencio no es más que enmascarar la sonrisa con migas de lujuria. Río en aquel pedestal que resulta obviedad para lo impreciso. No quiero ser, pero fui. Una lejana observación para el oído esperanzado, tiñe la boca de rubíes rotos con tiza en la nuca, y una sortija de cal.

Allá a lo lejos, se siente. Los veo partir, se sienten.

No recites versos que escupan lentejas con soberbia bruta. El revoltijo de las sombras se retuerce con vino, y deja al libre albedrío la paz, envuelta en pan, con aderezo de muerte.

Tener algo que decir, es machacar ubres y teñirlas de barro.

XII

La infancia es cúspide y sal. No se engaña, se aleja. Esperando en el vientre, se tiñe de pelos para deshilvanarse en el camino de la existencia. Ser doble y putrefacto; camino incorrespondido de la solvencia que muerde, en esos espacios rotos del devenir.

Yo, infancia nula. Espíritu seco. Liviandad de la ruta imperecedera. Yo, al fin, que me olvido, para licuarme en suspiros de flujo, y líquido. La contracara del martirio es la desolación. Porque la soledad se nutre de desamparo y victimiza azules con espátulas de algodón. La víctima, en cambio, ríe en su lecho revolviendo imágenes de un ayer que espanta. El porvenir es añejo para ambos. Uno mira al futuro, sin anhelo de cambio. El otro, momificado en pizarrones hundidos, vuelca su almidón para convertirlo en peste.

Pero yo, sí, soy infancia. Obra del ojo resuelto. Garrapiñada feroz en la brisa roja del corazón pétreo. Lámina oscura, que se refleja. Infancia, sí.

TERCERA PARTE

EL VACÍO

XIII

Mi cuerpo es un espacio
entre cuerpos
un escondite de silencio
entre espejos de nadas

la liberación póstuma
del aullido
se revela en la noche
de miradas esparcidas
por la intemperie de
mundos

infinitos latentes
gritan en vasos
de lictor
investigando la estrella
que se refleja
en otra

cosmos recóndito
de sortijas
giros de estruendo
en el interior de abismos

esperanza con miedo,
que define,
con pluma en pupila,
la vida

XIV

La muerte es ese envase de vértebras que reborbotea en pétalos de cemento para acurrucar a un niño que se reconoce otro. La vida, en cambio, sueña con recuerdos para construir nuevas migajas ásperas y sobornarlas con pasto, con alimento líquido.

La Fractura es un puño cerrado, entorpeciendo el paso de diablos- hembra para introducirlos en orificios ajenos al hombre. Porque existe una plegaria, nombrada hace tiempo por los albores del Abismo, en donde el diablo dejará de ser maldito si es introducido en la vagina de machos. Con el ojo ensanchado se ha visto, sin embargo, que la identidad es la única que deviene pobre o bestia, y el exterior se mantiene inalterable en los gritos del tiempo. La felicidad es distinta al destierro, y sólo se alcanza cuando se logra diferenciar la masa de la estirpe, la parte, del silencio.

Esta felicidad se representa con el agua, mirada bajo dos perspectivas. Suponiendo a nuestras almas como nadadoras, de un lado se ve la turbiedad amarilla del cencerro, apareando a los atletas que vuelven al comienzo del fin, y del otro, a la transparencia azul reflejando la meta bajo brazos que se hamacan en la fiebre del cuerpo. Que esta una es la vida, y esta otra, la muerte, es falso. Son un todo del equilibrio que se alcanza bajo la mirada perspicaz del sentimiento. Esta o la otra, en cambio, están por fuera, no pertenecen al tiempo, sino que vivimos en la eternidad. El trabajo ajeno al ser es fusionar los dos sexos para vertirlos en temporalidad, en pan cósmico de residuos que se acarician en el insoportable desperdicio del paso aullado y rumiado, del pie que se junta con su contrario y se destroza por el roce.

XV

El cerrojo entre claves suspira. Al abrir nuestras bocas un hilo de interminable sedosidad nos nutre de abismo y recuerdos. Trozos de espejo manufacturan productos nostálgicos de la niñez. Arrancando un pétalo de juguete se llega al borde de la tierra. Arrancando su migaja espesa de color, a la muerte. Es un paso ínfimo el del nacimiento y la aparición, es decir, el de lo último, con lo último. No estamos atrapados en el resorte, sino que el vaivén de luz nos atrapa en su camino, para succionarnos con sal que se esparce en el recorrido atravesado de fluidez.

El calor que nos contiene es ficticio, porque el núcleo es un microclima espeso de fricción y palidez. Lo que está contenido en el vaso, es espera. En su borde mullido de labios se esparce una vida encrucijada, del templo de las horas, para atravesar el vidrio con uñas de sórdido espesor.

Una muñeca atrapada en cuerpo de macho ruega quedarse por siempre en su intestino, para teñirlo de trenzas y vestidos de caramelo. La consciencia relata que aquella es la muerte, es decir, el vacío de la maquinaria corporal con el deseo. El espacio que hay entre las carnes, o, mejor digo, el relleno de invención humana, y células.

No estamos tan lejos de morir en vida. Lo único que hace falta es depositar nuestro apego al objeto más lejano, y tragarlo. Pero nunca masticarlo, sino que caiga entero en el depósito oscuro de perlas, y observarlo dormido. Luego de un rato germinará el caos y la erupción del yo con su sombra.

XVI

La catástrofe de ser aliento es impureza de rostro aunado en la máscara pobre. Mi cicatriz gris se contrajo por efecto del músculo ardiente. Una llaga despierta en su luz ancestral, pidiéndome ser hija del sexo. Soy hombre de rostro pálido. Una certeza inconclusa que se rebana en el ritmo cálido de los huesos. Lo que nos lleva a respirar, es ser cuerpos avejentados por la invención del movimiento.

Vida de muñeco destrozado por la niñez. Pus en el inconsciente, por exasperar el ánimo con la certeza inconclusa. El amor es muerte. El olvido es muerte. La existencia es muerte. Lo único que nos salva, es la vida. Nuestros pasos son gotas escarpadas en su búsqueda. No nos queda más que hallar el sentido en su desesperación. Porque no hay vida, jamás la hubo. La única ilusión es la de creer que es presencia. Somos una línea que se impacienta, por la oscilación de miradas entre la hembra y el perro. El miedo es la sombra de la soga que nos ata a los mundos. La esperanza, la presión de la ampolla en los dedos. La vida es ficción, porque implica el derrumbe de nuestros cuerpos, al pensarnos caer por la presión de la atmósfera.

El sentido es la pisoteada oscura de nuestras carnes colgantes sobre la tierra, que continúa más allá del horizonte. El horizonte es un pelo, atravesado en la piel, que busca trascender por su condición de no pensante.

Un paso oscuro nos carcome lentamente, descifrable por su asimetría con las concavidades repletas de desnudez. Ese camino es la nada, que nos aleja cada vez más de la insolación.

XVII

La relatividad de los cuerpos aumenta cuando en el revoltijo perplejo de luces se despierta la intuición. Nuestro recorrido es minúsculo en comparación con el largo de los dedos. Una especie de lo complejo se desata, y mira.

Nuevamente en la génesis. Un camino nos ata a la disolución de la intemperie. En las naves desperdiciadas por la niebla se encuentra la llave que abre el diseño de las orejas, estrujadas por el manantial y sus olas, la maratón de recuerdos en una pasada de instantes.

No estoy viva. No estamos. No. Simplemente oleamos en la incertidumbre de voces. Una letra es afirmación ante el pecado. Una nube es caída en el fraguar de la consciencia. Negación implícita de los huesos al chocarse con los órganos. Amar inconcluso de los órganos al entregar líquido para amamantar al tiempo. Esperanza de la pluma miserable en su ojear por el relámpago. Decir contrarios en la misma oración para socavar el juicio de la nada. Experimentar el vicio de los entendimientos sintéticos. Amenazar la burla para sentirse acompañado por la revolución.

No.

Juego del niño atravesando brisas para volverse escuálido. Metáfora ardiente de mi sueño, enclaustrado en las vaginas. Recreo del fuego, por su viaje sórdido en la simpleza. Otra vez. Chupar el vaso y dejar que la lluvia se esparza en los poros del acertijo. Desmigajar los senos para ubicarlos en las paredes del mundo, con la ilusión de recrear el cosmos. Otra vez.

No.

XVIII

La muerte es
la reconciliación
con la nada
por su muro perplejo
que ensancha el vacío
de los mundos
librados a la consciencia
el vacío es la nada
con saber de sí

de la segunda
se gesta
la existencia

del primero,
en cambio,
la soledad

XIX

Los que callan por un trozo de madera son los primeros en repetir himnos con las banderas del perdón. Un relato de lloviznas no basta para consolar el misterio de una herida muerta. La nada se enlaza con secuencias de piedras unidas por el alarido, investigando la corteza de la nebulosa infinitesimal. Nuestro recorrido al camino de la certeza se extingue, porque la negación es la única marcha recta a la exhortación del camino.

Descubrir el juego en la soledad. La mancha en la ceniza. La destrucción en el retazo de piel. Nos vertimos en la construcción. De la nada al vacío. Vencemos el odio con más odio, con la garra más fuerte que destroza la carne, y la impacienta en gritos de presión amorosa.

Una hoja se rompe por la llegada del paso. Su quiebre es ahuyentado por lo indescifrable. La nada amamanta el vacío y construye mundos con la duda. En ella morimos y aparecemos. La danza es la disolución del orbe. Su asimetría con la línea oblicua de nuestra figura.

La apariencia es una vela encendida en el recuerdo del porvenir. Nuestros rostros se enmascaran de miradas en la esperanza de olvidar. Nunca fuimos perplejos por estar presentes en nuestro contorno. Somos simplemente una nube reflejada en los espejos del tiempo. La muerte nos besa los pies, hasta introducirse en los huesos y avanzar lentamente al cerebro.

En la muerte se gesta la idea. La idea es una revolución de intemperie amasada con mundo. Si no existiera la muerte, ella sería una estela en la lejanía del cielo. Por la equivalencia con el límite, es que surge la imposición de la nada. La idea es la superación del abismo en la constelación turbia de la mente. Su aparición es posible solo como contrapartida de la amenaza del fin, es decir, de la posibilidad de transformación.

Por la muerte, el ascenso a la idea. En su recorrido, la intercepción de la nada, escapándose del concepto: el trazo del proceso. Luego de la idea, el vacío, por la ausencia en la consciencia de que existe vida, en contradicción. Por vida más muerte, nuevamente, la nada.

XX

Aceptar que en el espacio flota el desastre. La corrupción es inherente a la Perversión, que desanda la ola de misterio de su texto implícito, hasta no acabarlo jamás. La rebanada de incertidumbre se ahoga en nuestros pezones, y grita en la desolación que la magnitud es un atentado a la sospecha.

Objetividad es afirmación de la subjetividad, porque la humanidad siempre es la misma, y la perspectiva real es la de la estadística. Necesidad es no obligación. La libertad es aceptar que hay un espacio vacío en el que nunca dejamos de actuar.

La llaga se vuelve carne con la sola imaginación, porque en la distinción de la idea y el recuerdo todo espacio desaparece. El vacío no es vacío sino espécimen de piel que se retuerce en el espíritu. El amor es una forma de llaga: eterna categoría del nombre, ausente en la calavera embarazada de sueños. Sentir la piel creciendo lentamente con posibilidad de desgaste externo, pero convencida de que existe una vuelta a la homogeneidad imposible. Origen de la brevedad. Una carne que se revuelca en más carne, hasta desistir.

XXI

Mente encrucijada
de suspiro
su risa proverbial
y un misterio que anida
hablar del ausente
repetir en sueños
su sexo pobre

el que nunca existió
es hueco irresoluto
inmerso en la
definición muda

qué somos
en este mundo de grises

mi alarido sórdido
me grita a lo lejos
porque siempre
estuve aquí

nombrarme en carencia
es suplir mi deseo
y alivianarme entre hojas
a morir por una huella
una caricia del tiempo

quiénes son aquellos
los carentes en vida

se despojan de bienes
y marchitan la luz
desesperan en frascos
de saliva viral

los que marcamos las sienes
con lapiceras humectadas
en oro nos zambullimos
para repetirnos en mueca
y mendigar quimeras

no me hables de tu
manera fugaz

si hay algo que la vida
nos brinda
es pisar charcos
con la bandera del grito
rebanar de a puntadas
el líquido hambriento

regalarnos al fin
a la sortija de un templo
para partir
como ovejas
hacia la lana
de un relato escrito
en símbolo pérfido

XXII

(...) el vacío no es un espacio sin
cuerpo, sino un espacio en el cual
diversos cuerpos se suceden
y se mueven (...) como si el vacío fuera
el mediador entre dos llenos.
Giordano Bruno

Faltan pocas horas para huir de la placenta. Ya me hallo. Ya me suspiro con los vientres tiritando como peluches de hule.

La intemperie. El recorrido iniciático de la perduración, que se solventa como un instante aleteando en el insulto del abismo.

Siempre soñé con tejer la maraña, hasta convertirla mujer de la contradicción. Siempre me abstraje del silencio, oyendo con paso sordo la manera en la que el amor se distraía, jugando con la baranda del último balcón, destrozado por la palidez del invierno.

La costurera de la muerte. La rota pena, ascendiendo por debajo del suelo para alcanzar, finalmente, el frenesí de inmutabilidad.

ACERCA DE LA AUTORA

Martina Nimcowicz nació el 13 de mayo de 1995 en el barrio de Balvanera, Buenos Aires, Argentina. Es escritora, artista plástica, profesora de Lengua y Literatura y de italiano.

Publicó, en su mayoría, libros de poesía. En 2015 se dio a la luz su primer libro, Gestación (Textos intrusos). En 2016 formó parte de la antología Mujeres colectivas 2 (Ediciones Croupier) y en 2017 publicó Días Púrpuras (Puntos suspensivos ediciones). Su último poemario, La noche permanece, fue publicado en el año 2020 por la editorial Ruinas Circulares. Participó de distintas revistas literarias y exposiciones de pintura. Asiste a diversos ciclos de poesía en su ciudad.

Síguela en sus redes sociales:

Instagram: @martinanimco
Facebook: Martina Nimcowicz

www.ingramcontent.com/pod-product-compliance
Lightning Source LLC
Chambersburg PA
CBHW052130150726
48002CB00006B/2552